AF451548

# TABLEAUX

ET

## DESSINS MODERNES

### Provenant de la Collection de M. G... de Londres.

### PREMIÈRE VACATION

**EXPOSITION** — Le Mardi 4 Février 1862.
**VENTE** — Le Mercredi 5 Février.

---

### DEUXIÈME VACATION

**EXPOSITION** — Le Jeudi 6 Février 1862.
**VENTE** — Le Vendredi 7 Février.

---

Me **ESCRIBE**, Commissaire-Priseur.
M. F. **PETIT**, Expert.

**RENOU ET MAULDE**

IMPRIMEURS DE LA COMPAGNIE DES COMMISSAIRES-PRISEURS

Rue de Rivoli, 144.

# CATALOGUE

## DES

# TABLEAUX

### ET

## DESSINS MODERNES

### Provenant de la Collection de M. G., de LONDRES

DONT LA VENTE AURA LIEU

## HOTEL DROUOT

### SALLE N° 5

---

Par le ministère de M<sup>e</sup> ESCRIBE, Commissaire-Priseur,
rue Saint-Honoré, 217,

Assisté de **M. Francis PETIT**, Expert, rue de Provence, 43.

---

## PREMIÈRE VACATION

**EXPOSITION** — Le Mardi 4 Février 1862, de une heure à cinq heures.

**VENTE** — Le Mercredi 5 Février, à 2 heures 1/2 précises.

---

## DEUXIÈME VACATION

**EXPOSITION** — Le Jeudi 6 Février, de une heure à cinq heures.

**VENTE** — Le Vendredi 7 Février, à 2 heures 1/2 précises.

---

## 1862

## CE CATALOGUE SE DISTRIBUE :

A Paris.... ......... Chez MM. Escribe, Commissaire-Priseur.
   —    .............  Francis Petit, Expert.
A Bruxelles ........  Hollender.
A Liège............  Van Marck.
A La Haye..........  Van Gogh.
A Amsterdam.......  Dewries.

## CONDITIONS DE LA VENTE

Elle sera faite au comptant.

Les Acquéreurs paieront, en sus des adjudications, CINQ pour CENT applicables aux frais de la vente.

# PREMIÈRE VACATION

## EXPOSITION

Le Mardi 4 Février 1862, de une heure à cinq heures.

## VENTE

Le Mercredi 5 Février, à 2 heures 1/2 précises.

# TABLEAUX

## BEAUMONT (Éd. de).

*141.*    1 — L'Armurier.    *Petit.*

H. 26 c. L. 22 c.

## BELLY.

*1650.*    2 — Barques du Nil.    *Kervégan*

H. 80 c. L. 105 c.

## BONVIN.

3 — Intérieur de cuisine.

H. 46 c. L. 38 c.

## BOURGES (Léonide).

4 — La Prière du matin.

H. 38 c. L. 30 c.

## BOURGES (Léonide).

5 — L'Écheveau de laine.

H. 33 c. L. 25 c.

## BRETON.

6 — Le Sommeil de la grand'mère.

H. 19 c. L. 122 c.

## BRETON.

7 — Paysanne cueillant des coquelicots.

H. 32 c. L. 40 c.

## BRETON.

8 — Canal aux environs de Gand. Effet du soir.

H. 28 c. L. 38 c.

## BRION.

9 — Les Batteurs de blés. Scène bretonne.

H. 61 c. L. 82 c.

## BRION.

10 — La Prière.

H. 43 c. L. 38 c.

## BRION.

11 — Bœufs à l'abreuvoir (Suisse).

H. 30 c. L. 48 c.

## CHAVET.

12 — Le Bagpiper du 72ᵉ Hyghlander.

H. 31 c. L. 23 c.

## COMTE.

13 — La Devineresse.

H. 53 c. L. 46 c.

## COUTURE.

14 — L'Abandonnée.

Grande figure.—H. 148 c. L. 120 c

## DELAROCHE (Paul).

*100.*  15 — Fragment pour le tableau de Jane Gray. *Duboys*
(Étude.)

H. 29 c. L. 23 c.

## DORCY.

*82.*  16 — Tête de jeune fille.

H. 54 c. L. 45 c.

## DORCY.

*57.*  17 — Tête de jeune fille. *Thomas.*

H. 48 c. L. 40 c.

## DORCY.

*91.*  18 — Tête de jeune fille. *Binant.*

H. 65 c. L. 54 c.

## DUPRÉ (Jules).

*280.*  19 — Paysage. *Bourges.*

H. 23 c. L. 35 c.

## ESBRAT.

*130.*  20 — Animaux traversant un gué. *Houdaille.*

H. 48 c. L. 59 c.

## ESBRAT.

*115.*     21 — Midi.

H. 45 c. L. 55 c.

## ESBRAT ET TROYON.

*100.*     22 — Le Déjeuner des poules.

H. 28 c. L. 40 c.

## FRÈRE (ÉDOUARD).

*1450.*     23 — Grand'Mère et petite-fille.

H. 40 c. L. 32 c.

## FRÈRE (ÉDOUARD).

*880.*     24 — Jeune garçon regardant dans un puits.

H. 46 c. L. 38 c.

## FAUVELET.

*420.*     25 — Une Conversation animée.

H. 31 c. L. 25 c.

## FAUVELET.

*290.*     26 — Le Joueur de basse.

H. 28 c. L. 17 c.

## FAUVELET.

*125.*     **27** — Jeune homme accordant une guitare.     *de Macédo.*

H. 19 c. L. 14 c.

## FICHEL.

*155.*     **28** — La Déclaration.     *Boyd.*

H. 25 c. L. 20 c.

## FICHEL.

*190.*     **29** — Le Déjeuner.     *Kervéguen.*

H. 25 c. L. 20 c.

## FICHEL.

*55.*     **30** — Un Fumeur.     *de Macédo.*

H. 20 c. L. 18 c.

## FORTIN.

*150.*     **31** — Intérieur breton.     *Callinard.*

H. 00 c. L. 00 c.

## FORTIN.

*390.*     **32** — Le Devin du village.     *Lasquin.*

H. 46 c. L. 35 c.

## FORTIN.

33 — Le Galant à la fenêtre.

H. 46 c. L. 38 c.

## FORTIN.

34 — Breton au retour du marché.

H. 32 c. L. 21 c.

## GÉROME.

35 — Le roi Candaule.

Première pensée du tableau exposé en 1859.

H. 20 c. L. 32 c.

## HAMON.

36 — Le Repos après la chasse.

H. 37 c. L. 79 c.

## HENNEBERG.

37 — Les Associés.

H. 66 c. L. 50 c.

## HOGUET.

38 — La Route du marché.

H. 18 c. L. 38 c.

## HOGUET.

*185.*

39 — Intérieur de cuisine.

H. 35 c. L. 45 c.

## ISABEY.

*2000.*

40 — Naufrage sur les côtes de Normandie.

Tableau important. — H. 95 c. L. 142 c.

## LAMBINET.

*240.*

41 — Paysage avec baigneuses.

H. 81 c. L. 65 c.

## LAMBINET.

*155.*

42 — La Seine à Bougival, effet du soir.

H. 24 c. L. 35 c.

## LAMBINET.

*165.*

43 — La Plaine de Croissy.

H. 22 c. L. 34 c.

## LAMBINET.

*330.*

44 — Village de Veules, pays de Caux.

H. 32 c. L. 18 c.

## LAMBINET.

*110.*  45 — Bouquet de fleurs dans une corbeille.  *Hollander.*

H. 125 c. L. 92 c.

## LAVIELLE.

46 — Paysage d'hiver.

H. 31 c. L. 24 c.

## LOUBON.

*95.*  47 — Les Mulets.

H. 38 c. L. 47 c.

## LUMINAIS.

*200.*  48 — Les petits Nautonniers.  *Haut.*

H. 32 c. l. 40 c.

## MOULIGNON (DE).

*80.*  49 — Femme arabe et son enfant.  *Sabatier.*

H. 20 c. L. 16 c.

## PATROIS.

*160.*  50 — Petite fille regardant des dessins.  *Pris.*

H. 17 c. L. 38 c.

## PLASSAN.

51 — Jeune femme à sa toilette.

H. 18 c. L. 13 c.

## PLASSAN.

52 — Jeune fille travaillant à la fenêtre.

H. 00 c. L. 07 c.

## RUYPEREZ.

53 — Soldat buvant.

H. 21 c. L. 16 c.

## SCLÉSINGER.

54 — L'Amour médecin.

H. 75 c. L. 60 c.

## SCLÉSINGER.

55 — La Toilette du matin.

H. 85 c. L. 67. é.

## TROYON.

56 — Vue prise des hauteurs de Suresnes. (Exposition de 1859.)

Tableau capital. — H. 184 c. L. 270 c.

## TROYON.

57 — Animaux allant au pâturage.

H. 63 c. L. 81 c.

## VAN MARKE.

58 — Berger gardant des moutons.

H. 20 c. L. 32 c.

# DEUXIÈME VACATION

## EXPOSITION

Le Jeudi 6 Février 1862, de une heure à cinq heures.

## VENTE

Le Vendredi 7 Février, à 2 heures 1/2 précises.

# TABLEAUX

## ROSA BONHEUR.

59 — Étude de chien.

H. 82 c. L. 100 c.

## BOUQUET.

60 — Paysage : Environs de Rouen.

H. 35 c. L. 72 c.

## BRION.

*660.*  61 — Un Train de bois sur le Rhin.

Tableau important. — H. 120 c. L. 200 c.

## BRION.

*510.*  62 — Un Enterrement, scène allemande.

H. 82 c. L. 132 c

## DEVEDEUX.

*200.*  63 — Le Jardin du Sérail.

H. 45 c. L. 38 c

## DEVEDEUX.

*251.*  64 — Le Joueur de mandoline.

H. 55 c L. 35 c.

## DEVEDEUX.

*335.*  65 — Scène espagnole.

H. 60 c L. 48 c

## ESBENS.

*42.*  66 — Nymphe et papillon.

H. 50 c L. 41 c

*3273.*

## FICHEL.

67 — Le Duo.

H. 40 c. L. 32 c.

## FICHEL.

68 — Les Indiscrets.

H. 40 c. L. 32 c.

## FRÈRE (Th.).

69 — Intérieur d'un café à Boulak (Caire).

H. 45 c. L. 36 c.

## GUDIN.

70 — Le Phare.

H. 45 c. L. 40 c.

## HAMMAN.

71 — André Vesale.

(Lithographie par Mouilleron.)

H. 00 c. L. 00 c.

## LASSALLE.

72 — Femme de pêcheur.

H. 00 c. L. 00 c.

## LEPELLE.

73 — La Cène.

H. 16 c. L. 11 c.

## LEPELLE.

74 — Adoration des Mages.

H. 16 c. L. 11 c.

## LEPOITTEVIN.

75 — Pêcheurs sur la plage.

H. 62 c. L. 37 c.

## MONFALLET.

76 — Le Marchand d'étoffes.

H. 35 c. L. 28 c.

## MONFALLET.

77 — La Table à ouvrage.

H. 21 c. L. 16 c.

## MOZIN.

78 — Port d'Amsterdam.

H. 51 c. L. 71 c.

## MOZIN.

61.    79 — Plage de Schevening.

H. 51 c. L. 74 c.

## MULLER.

80 — Henri VIII.

En 1521, Henri VIII lisant à l'évêque Fischer et à Thomas Morus, son secrétaire intime, les premières pages de sa défense de l'Église catholique romaine, en réponse au pamphlet de Luther, intitulé : *La Captivité de l'Église à Babylonne.*

Tableau important.—H. 77 c. L. 104 c.

## MULLER.

81 — L'Improvisateur.

H. 72 c. L. 60 c.

## PALIZZI.

82 — Chèvres faisant vendange.

H. 118 c. L. 180 c

## PALIZZI.

83 — Les Agneaux.

H. 47 c. L. 71 c.

## PALIZZI.

84 — Vache et moutons.

H. 65 c. L. 54 c.

## PICOU.

*105.*  85 — Nymphes offrant des fleurs à l'Amour.

H. 28 c. L. 35 c.

## SAINT-JEAN.

*1590.*  86 — Le Déjeuner.

H. 47 c. L. 56 c.

## SCLÉSINGER.

*505.*  87 — Une vieille femme présente un coffret de bijoux à une jeune fille.

H. 100 c. L. 81 c.

## SCLÉSINGER.

*166.*  88 — Les Regrets.

H. 110 c. L. 89 c.

## SEIGNEURGENS.

*50.*  89 — La Promenade.

H. 32 c. L. 41 c.

## SEIGNEURGENS.

*49.*  90 — La Rencontre au parc.

H. 32 c. L. 41 c.

*13.108.*

## SIEURAC.

91 — Giorgione.

H. 80 c. L. 100 c.

## TOURNEMINE (DE).

92 — Paysage.

H. 14 c. L. 27 c.

## TOURNEMINE (DE).

93 — Plage à marée basse.

H. 18 c. L. 27 c.

## TRAYER.

94 — La Leçon de tapisserie.

H. 46 c. L. 33 c.

## TRAYER.

95 — Deux jeunes filles bretonnes travaillant.

H. 35 c. L. 24 c.

# TRAYER.

96 — La Ménagère.

H. 32 c. L. 26 c.

# VERDIER.

97 — Paysage et animaux.

H. 62 c. L. 79 c.

# VERLAT.

98 — Tête de jeune fille couronnée de fleurs.

H. 45 c. L. 36 c.

# VEYRASSAT.

99 — L'Automne.

H. 00 c. L. 00 c.

# VEYRASSAT.

100 — L'Abreuvoir.

H. 00 c. L. 00 c.

## VEYRASSAT.

101 — Le Repos des moissonneurs.

H. 00 c. L.

## VEYRASSAT.

102 — Le Maréchal-Ferrant.

H. 00 c. L. 00 c.

# DESSINS

## ROSA BONHEUR.

103 — Moutons au repos.

(Dessin.)

H. 15 c. L. 22 c.

## BROCHART.

104 — La Poupée.

(Pastel.)

## BROCHART.

105 — Le Volant.

(Pastel.)

## BROCHART.

106 — Les Cerises.

(Pastel.)

# BROCHART.

107 — Les Bulles de savon.

(Pastel.)

# DECAMPS.

108 — Le Savoyard.

(Aquarelle importante gravée par Garnier.

H. 30 c. L. 33 c.

# DORCY.

109 — Tête de jeune fille.

(Paste

# HILDEBRANDT.

110 — Pêcheur et ses enfants.

(Aquarelle.)

H. 25 c. L. 36 c.

# MADOU.

111 — Le Conteur

(Aquarelle.)

H. 16 c. L. 21 c.

## MADOU.

112 — Van Dyck peignant le portrait de Charles Ier.

(Dessin.)

H. 37 c. L. 28 c.

## MADOU.

113 — Rembrandt dans son atelier.

(Dessin.)

H. 37 c. L. 28 c.

## VIDAL.

114 — Jeune femme jouant avec un chien.

(Dessin.)

H. 46 c. L. 60 c.

## VIDAL.

115 — Blonde.

(Dessin rehaussé.)

## VIDAL.

116 — Brune.

(Dessin rehaussé.)

RENOU et MAULDE, Imprimeurs de la Compagnie des Commissaires-Priseurs, rue de Rivoli, 144.   9429